김나인 지음

그 잔인한 사랑

그 속성에 대하여

나는 죽도록 사랑한다

한국학술정보(주)

서문

"진실을 바라보는 데 있어 남성성과 여성성은 중요하지 않다.
단지 역할이 남자배역이라고 한다면 그것에 충실해지는 것이
자연의 섭리고 이치이다. 시 또한 그러할진대……."

2008년 3월
성주산 팔각정에서
김 나 인

목 차

제**1**부

가을볕에 고고히 타들어 가는 것은

어디 잎새뿐이랴

국화꽃

너는 한 개비의 담배와 같았다
한 모금을 빨고 나서 타들어 간 네 육신의 껍질을
툭툭 털어 떨어뜨려야 했다
네 몸을 더 빨아 필터까지 태우고 비비 몸뚱이를 비틀어
꽁초처럼 불꽃을 꺼야만 했다
트림과 손끝에서 사라진 너의 자취와
너를 그리워하는 내 가슴에는 아직도 뿌연 연기
뜨거운 네 몸뚱이의 열기를 그리워하고 있다
차라리 봄에 피었다 봄 끝에 지고 말았으면
다림질하지 못한 남방 주머니 속의 불꽃을 찾지 않았으리라!
탁! 탁! 부싯돌의 불꽃을 태우며 너를 되살리려 하고 있다
가슴 깊숙이 너를 빨아드릴 때마다
섭씨 천 도까지 너의 꽃과 잎은 후들후들 피었다
너의 아름다움은 고작 개수이었다
꽃을 피울 적마다 촌스럽고 허전하게 각을 비운다
삼각형 피라미드처럼 하늘 아래 하나의 꼭짓점
거꾸로 수평을 이루고

툭툭 네 몸을 빨아대며 털어 댈수록 짧아지는
너를 계속 구입하여 끊지 못하는 것은 계절을
판매하는 십오 일의 아름다운 임신 때문이다

노동을 하며

나는 움푹 팬 구덩이를 메우기 위해 우뚝 솟은 땅을 삽질한다
누구의 가슴에 날카로운 삽날과 발로 꾹 눌러 가슴을 한 삽 떠낸
적 없었다
낯선 이들이 오고 가기에 구덩이를 메꾼 것뿐인데
지렁이들은 그렇지 못한가 보다
나의 서투른 삽질 때문에 구덩이에 또 다른 구덩이가 생겼다
나는 그 누구에게도
남성다운 가슴에 함부로 구덩이를 판 적이 없었다
봉합하기 위해 땡볕에서 나는 비지 땀을 흘린다
한 번도 나 아닌 다른 누군가를 위해
피눈물을 흘리며 봉합해 준 적 없었다
삽자루를 내동댕이치고 그늘에 앉아 상처를 식힌다
한 개비의 담배와 가을의 써늘한 바람, 박카스 한 병이 구덩이의
구덩이를 메꾼다
적어도 나는 내게 한 번쯤 파인 구덩이를 위해 위로해 준 적 없
었다

가을볕에 고고히 타들어 가는 것은 어디 잎새뿐이랴

가을볕에 고고히 타들어 가는 것은 어디 잎새뿐이랴

매미는 아주 잠깐 나무를 태우고 사라지지 않았던가

그리움도 마른 덤불처럼 쓸쓸히 허리부터 타들어 가는 것이라서

이 가을 다 태우고 남는 것이라곤 어디 바람뿐이던가

날마다 날마다 한 줌의 재가 되어 사라지는 것이 어디 사랑뿐일까

스치고 지나치는 찰나는 오직 그대의 눈빛뿐이던가

잠시 잠깐 들러준 내 고향이 호수와도 같다

잠자리 떼 날고 코스모스 피울 적에

내게 주어진 소년도 그렇게 잊혀졌다

꽃처럼 풀잎처럼 밤하늘의 별처럼

유유히 바람을 만났을 어디 그뿐이던가

아무 곳이나 푸른 빛깔로 묻어 주시구려

나는 고철과 섞이고 싶지 않다
산업폐기물 더미에 몸과 마음을 뒤섞는다 하여
같을 수는 없지만
꽃이 피고 지듯이 죽으면 그뿐
나를 수많은 폐기물들과 함께 안장해다오
굳이 재활용은 하지 말았으면 하오
고철값처럼 값어치를 매기지도 말으오
나는 한때 신성한 건축물의 한 부분
리모델링한다고 헌것과 새것을 교체하여
나를 더 이상 과용하지 말으오
나는 죽어서 건축폐기물이 되어
함부로 발로 차이고 던져진다고
삭신이 쑤시고 멍이 들어도
그대의 눈빛에 익숙한 한 부분이었기에
나의 영혼에 중량을 달지 말으오
헐값에 흥정도 논하지 말으오
꽃상여도 필요 없으니 시인의 발길이 닿는
아무 곳이나 푸른 빛깔로 묻어 주시구려

한잎 두잎 그대의 귀에 지는 소리로 살았다가

나는 홀로 구봉산을 넘는 철철 넘치는 들녘이었다가

수연의 꽃잎이 지고 바람은 가슴속에서 스산하게 울적이며 스며
올 적에

나는 하루살이와 지켜보던 먼 산과 새들과 이별하여

낡은 집으로 개골창으로 벌레처럼 숨어들어가

풀숲에서 속삭였다

능금이 익어 가는 사이사이 고랑으로 길어지다가

따듯한 입김과 아궁이에 지펴진 불길 속으로

가느다란 실 빛처럼 스며들어 고향을 훔치었다

팔월은 그렇게 시들고 마는 것

나는 슬픈 노고단에 푸른 빛깔로 올라 파릇한 잎새처럼

한잎 두잎 그대의 귀에 지는 소리로 살았다가

갈매기처럼 올라 한 줌의 바다 빛깔로 내려서고

기암바위 가슴에 쓸어내리는 파도이었다가

농부의 손아귀에 쥐어져 슥삭슥삭 낫에 베인 풀이었다가

그대가 부르면 몸뚱이는 놓아두고 눈빛만 달려간다

차라리 내 목에 꽃을 달지 않으려나
나는 차라리 값싼 장식으로 그대의 문에 달리고 싶다

낙 서

한 번쯤 개복숭아처럼 다 타버린 속내를 드러내고
담쟁이덩굴 얼기설기한 담장에 써 보았다가
꽃이 만발이 피었다 지듯 사라질지언정
낙엽이 깔린 땅을 한 번 밟아 서고 싶다
한 번만이라도 붉은 석류처럼 속내를 드러내고
까치가 새벽에 울 때 검은 돛을 내리며
파도에 밀려오고 가듯 사라질지언정
석양이 물든 계단에 홀로 한 번 눕고 싶다
생애 처음일지언정 두 가슴을 쩌억 갈라내어
숯검댕이의 속내를 드러내고
한참을 서성이다가 무너질 철없는 사랑의 탑이라 해도
친구여, 오늘 밤은 그대와 내가
소주 한 잔을 나눠 마시며 마음껏 취해 가도록
죽음이 모든 빛깔을 같게 할지언정
한 번뿐이라도 갈매기 나는 둥지 위에
뜨거운 가슴의 속내로 알을 품고 싶다

꽃의 환영

여러 날 비가 오더니 관절에 통증이

못 뿌리처럼 박혀온다

연 이틀 아려오더니 관절에 붉은 꽃이 피더이다

그리움도 이토록 오래가지 않았는데

밤새 꽃눈이 나리고 별들이 장단지에 스치더이다

고루하게 쓸쓸함을 뿌리다가

뼛속까지 벗기는 앙상한 목덜미가

외로운 신경계를 자극하더이다

오래 걸으면 걸을수록 혹 하나가 생기더니

내 몸에도 이제 곰팡이 꽃이 말갛게 피더이다

흔적을 찾아서

나는 오늘도 변기에 웅크리고 앉아
지난밤 꽁치와 닭똥집의 건더기를 골라내고 있다
과거의 유입물들이 신생대의 화석처럼
붉은 장미꽃을 피웠다
밸브를 내릴 때마다 장염이 걸린 뱃속에서
누런 빛깔로 잘 빚은 토기를 정화조로 흘려 보낸다
그럴 때마다 나의 과거가 덕지덕지 붙어 있는
찌꺼기들처럼 껍데기로 남아
수만 명의 배를 움켜잡고 붉은 장미꽃의 흔적 한 다발을
하수종말처리장으로 보낸다
나는 꽁치의 눈빛이 꽃으로 되살아 있음을 알았다
양념에 무쳐진 닭똥집을 달고 뛰었을 꽃들을 안다
매일 나의 흔적들을 무심코 흘려보냈지만
정작 파릇한 잎새들을 소화시키지 못한
그것조차도 흔적의 덩어리로 피웠더니만
찌릿한 흔적을 기억하는 똥꼬와 손을 씻는다
뱃속에서 게트림한 기억들을 화장지에 담아

그 흔적을 휴지통 속에 꽂으면 나는 다시
가슴의 밸브를 눌러 쓰레기 처리장으로 모여지는
작은 덩어리들을 떠올린다
배탈이 나면 나의 붉은 꽃잎이 산산이 흩어지는 것을 본다
서로가 달아나려는 파편이 되어
뱃속에는 케케묵은 흔적이
나의 붉은 장미꽃을 들락날락하고 있다

나의 약력

꽃을 태울수록 약력이 쌓인다
계보적인 이력서에 숱한 헤어짐을 적자면
새벽에 지지리도 울어대는 벌레 울음같이
살았다
오늘 밤이 이슥하니 헤어짐으로 지나면
두견화 상자에 고독이
술 한 잔에 별처럼 곯아떨어진 지난 밤에 이슬처럼 태어나
잡동사니들을 채우며 가랑비 젖은 길을 걷고 있다
나는 고독한 시대에 태어나 외로운 오솔길을 걷고 있다
적적한 그리움에 눈물이 성경책보다 두꺼워지는
이 가난이야말로 나의 유산이니
하루하루는 탕자의 혈통을 잇는 슬픈 계보가
사푼히 나의 약력에 눈곱처럼 써진다

낡은 세탁기

오래된 세탁기 하나가 화장실 귀퉁이에서
경운기 마력의 심장소리를 내고 있다
낡은 겉옷과 속옷에 젖은 식은 땀내와 먼지를
입 안 가득 담아 씹고 있다
한때는 봄에 피는 꽃과 같이
인공지능의 센서가 부착된 신제품이었다
덜컹 네 몸 안에 섞여 들어간 땟물이
소리를 낸다
흙먼지와 기름때, 너덜너덜한 옷가지들이 뒤엉켜
너를 슬프게 눈물을 짜내고 있다
삶, 그 안에는 다양한 디자인의 얼룩이 묻어 있는 거라고
모직물과 면직물의 옷감들도 치부와 노동을 대신하여
서로 엉키는 것뿐이라고
너는 눈물을 짠다
숯검댕이가 되었을 네 속을 그렇게 비운다
낡은 아파트 옥상의 빨랫줄에 눈물 빛을 털어 넌다
항시 삶의 질풍노도를 그렇게 게워 낸다

땡볕에 너의 심장을 말리고 있다
땀내에 젖은 옷 빛깔이 네 안을 그리워하여
펄펄 날리며 사랑의 손짓한다
그래서 비우는 것은 그리운 것이라고 했다
그래서 너는 버튼 하나의 공간이다

화자의 방명록

어린 깻잎 위로 사막화가 시작되었고
어린 낙타는 실크로드를 향하기 위해
야금야금 길을 갉아먹고 있다
푸른 숲의 꿈을 꾸었던 지상낙원이 말라간다
한참을 울다가 사라진 매미소리처럼
가슴속의 수분이 말라갔던 것이다
어린 깻잎은 몇 장의 잎이 모래처럼
가루가 되어 사라지고 오하시스도 사라졌다
낙타의 수줍음도 사라졌다
그 길 위로 낯선 벌레 한 마리가 이사를 한다
등껍질은 단단하고 이빨은 전지가위 같은
그리고 생명의 집을 망가뜨리고
사막화를 진행시켰던 것이다
낙타가 걸어야 할 길도 잃어버린 것이다
천국과 지옥도 없는 이방인의 오줌보 속으로
사라지는 것이다
보라, 꽃이 피면 그곳으로 모여드는 수억의 난민들이

그 꽃을 도식하고 있잖은가
낙타는 걷고 있다, 숨결을 고르고 있다
그 누가 어린 깻잎 몇 장을 두고 사랑이
가혹하다 말할 수 있겠는가
지독한 모래바람 속에서 두 눈을 뜨고 바다를
상상할 수 있겠는가
또다시 낙타가 지난 길로 사막이 이루어지고 있다
그래서 나는 스산한 길목 위에
회유가 가득한 절터 하나 져 놓고 가련다

무통장 입금

저는 오늘도 은행엘 갔습니다
집 앞 풀숲에 핀 제비꽃이 흐드러져 있길래
여름님에 저축하기보다는 작은 금액으로
하늘님에게 보내기로 했습니다
제겐 저축할 통장도 없습니다
텃밭에 핀 방울토마토, 고추, 강아지풀을 필요한 만큼 조금씩 거둬들여
보내드리면,
그날그날마다 하늘님은 제게 푸른 씨앗을 보내옵니다
담배 한 개비를 피우고 나면 꽁초는 쓰레기통 속으로 가지 않습니다
직립보행의 슬픔에 포장마차에서 술 한 잔을 기울이더라도
계산은 주인아줌마에게 하지 않습니다
한 여자를 간음해도 저의 죄를 제게 묻지 않습니다
지척에 매미가 울거나 낡은 아파트 현관에 거미줄을 드리울 때에도
불평과 불만도 낙서하지 않습니다
그래서 저는 은행엘 갑니다

오늘 입금액은 하늘님이 청구한 삶, 그리움의
전기세와 범칙금, 핸드폰요금, 재산세, 과태료입니다

댓 글

— 김정원 시인에게 —

매미가 울던 굴참나무나 먹빛 하늘과 비바람을

오늘 밤은 제것마냥 놓아두시구려

포장마차에서 기울이던 소주잔과 옛이야기들

빗줄기와 그리움에 씻겨 그냥 흘러가 버릴 심상이오

그러니 찢어지는 가슴 봉합하고 달빛의 그림자를 떠올리며

핏대 선 외로움에 시달려 창밖으로 나서지 말고

오늘 밤은 제것마냥 풀어 놓으시구려

그냥 저대로의 것들이 당신의 소망을 흔들어 깨운다 하지 마오

우리는 타클라마칸 사막의 전갈처럼

여리고 천한 집게와 독을 지니고 있다오

여명이 밝아 올 때까지 그 누구도 흉내 내지 말으오

대장장이의 망치질이 그랬듯이

노숙자가 술에 곯아떨어져 그랬듯이

가마솥의 아궁이처럼 당신을 뜸들이고 있는

그런그런 날이라고 누군가 속삭여 준다면

아이처럼 시끌벅적한 밤하늘에 당신을

김이 모락모락 나도록 삭히시오
앞뜰의 억센 풀처럼 그냥 저대로 놓아두시구려

볼륨을 낮추다

전원 스위치를 꾹 눌러 주파수를 지우고 싶었다
너를 귀에 달고 고속도로를 질주하던 적도 있었다
라디오 볼륨을 줄였다
자동차의 엔진소리와 차창으로 매섭게 돌진하는 바람소리
지나고 보니 너로 하여금 나는 늘 채널 고정으로
너의 까랑까랑한 목소리를 들어왔다
낯선 목소리의 세계가 궁금하여 변심하기도 하였다
그러나 항시 귀에 달린 귀걸이처럼 잊혀지고 말 장식 같았기에
주파수를 돌렸다
어느 날, 너는 라디오를 켜든 켜지 않든 간에
뱃고동처럼 수평선을 긴 수직으로 항해하며
바다 속을 유영하는 고기들조차 놀라게 하는
고요한 목소리로 가슴에 들려왔다
시간이 흐를수록 너의 볼륨은 커졌고
트랜지스터의 지글지글 끓는 유창한 네 목소리조차
한때는 개천에 묶어 둔 염소 울음소리 같기도 하고
낙차 큰 개울가의 물소리에 떠내려가는 낙엽소리 같기도 하고

그리움에 목이 말라 한참을 느끼던 갈증의 골 같다가도
동아줄 같은 목구멍에 게걸스럽게 소리 내어 씹는
외로운 음식 찌꺼기 같기도 하였다
너는 북소리가 아니다, 틀거나 볼륨을 높여야만 나는 소리다
나의 심장을 두들기지 마라, 힘껏 포말처럼 내리쳐도 안 된다
그저 잔잔히 짙게 깔린 해무처럼
사랑하기 위해서 그같이 볼륨을 줄여야만 한다

제 2 부

벤엘방앗간

대합실에 앉아 버스를 기다리며

— 청양 버스 터미널에서 —

나는 집으로 향하기 위해 이천오백 원 승차권을 샀다
그리고 버스를 기다리는 내내 승차권을 가만히 놓아둘 수가 없었다
회수권 한 면을 접는가 하면 양면을 포개기도 하였다
버스는 오지 않았다, 너무도 먼 길을 달려오는 버스보다
의자에 앉은 한 사내의 외로움이 걱정된다
꾸깃꾸깃한 승차권 안에는 한 번도 가보지 못한
지형이 만들어졌다
새가 찾아올 것처럼 뾰족한 산과 나무와 평지가
이정표 없이 울창하다
나는 몽골인이다, 한때는 그랬을 것이다
그러나 지금 국적불명의 사내가 된 한 사람의 그림자가
목적지와 갈 길을 잃고 무작정 누군가를 기다린다는 것이
서글픈 걱정이 든다
나는 농부이다, 한때는 그랬을 것이다
자식들을 위해 비지땀 흘러가매 고추 감자 농작을 하고
믿음과 사랑을 솎아내며 씨앗을 심었다
그러나 그때와는 다르게 늙은 육신을 이끌고

버스 차창에 기대어 흐릿한 시선을 빼앗기며

철없이 걷던 비포장 길이 이토록 울퉁불퉁 솟아 있었던가를

모르고 살았던 한 사내가 가고자 하는 낡은 그 집 속에

그 사내가 홀로 드러눕는다고 하니 걱정이 든다

그가 빼앗긴 것은 회수권만은 아니었다

내내 가슴속에 지니고 있던 승차권도 정류소에서

빼앗기고 말았다

그러니 가슴에 잠깐 스치고 다녀갔던 모래알 같은 한 줌들이

손아귀에 쥐어지지 않는다고 하여

그 빛까지 잃어버리지 않은 그 한 사내에겐

버스터미널의 대합실 빈구석에 의자가 비어 있다

화장실 공사

이틀 전부터 대대적인 화장실 공사가 들어갔다
위층 아래층 할 것 없이 두함마 드릴로 벽면을 두들기는
드륵륵 드르륵거리는 소음이 들린다
낡은 것을 부수고 새 옷을 입힐 요량이다
그러기 위해서는 오래도록 우리 뱃속을 씻어 주던
매캐한 냄새로 찌들어 대장염을 앓은 낡은 배관
싹둑싹둑 하나씩 해체작업 들어간다
타일을 바라보며 소변의 근심을 덜었던 친근함도
콘크리트 덩어리로 부수고 오랜 시간 앉아
한 개비의 담배와 배배꼬인 거북한 속을 드러낸 채
나의 엉덩이까지 어깨에 짊어진 인부에 의해 대변기도
해체된다
수많은 사람들의 뱃속이 지금 공사 중이다, 그들을 아침나절 부르고
탈이 나면 그는 꺼림칙한 오물들을 담아 자신의 창자로 흘려보냈다
나도 저 교체되는 변기처럼 작은 건물에 들어앉아
지저귀는 새소리들을 받아준 적이 있었던가
화장실처럼 자연스럽게 해체될 요량으로 나는 낡아가고 있었던가

공사는 며칠이고 계속될 것이다
두들기고 부수고 할 것이다
그럴 때마다 내 마음도 공사에 들어간다
껍질을 벗기고 군살을 빼고 비지땀 흘려가며
두드득 두드득 매일 낡은 것을 부술 것이다

뱃속에는

나의 뱃속에는 지난밤 헝클어진 빛들이 밀실로 모여들어 주먹밥
처럼 뭉쳤다
얼마나 많은 빛을 지난밤 포장마차에서 마셨던가
으슥한 밤이 찾아오면 꽃이 피었던 그때 그 시절로
쓸쓸함과 그리움이 정령처럼 찾아오는 것일까
나는 꽁치의 몸뚱이에서 가시를 발라내고 있다
가을발치에서 죄책감 없는 등신처럼
몸속의 가시를 빼고 더는 살았다고 말할 수 있을까
더는 두 눈빛으로 사랑한다 말하지 말아야지
계절의 꽃처럼 그 배고픔에 스며들었다 사라지는 것처럼
반딧불이를 먹는다고 하자
그러니 이별이나 그리움 따위도 논하지 말자
한철에는 찬연한 빛과 화사한 치장이었더라도
공복과 허기에 지나가는 나그네라고 하자
슬픈 아가미로 숨을 내쉬며 닭똥집의 비린내도
코끝에 순간의 향기로 스치는 먼지라고 하자
나의 나이도 비릿하다, 비늘도 벗겨지고

꿈속이나 목사의 설교에도 솔깃하지 않고
으슥한 밤이 찾아오면 포장마차에 들러
뱃속에 달빛을 만들자, 이른 아침 달빛의 가시를 내 몸에서 벗겨낸다

안학수 시인에게

그때 그대는 소쩍새보다 더

헝클어진 잎새로 지껄였다

무엇보다도 그대와 나는 마른 나뭇잎에

꼽추가 되어가고 있다고

낙엽이 사각사각 덩더쿵 우당탕 꼬꼬댁 불려지듯이 그렇게

잊혀진다고 하지 않았는가

우리는 고독한 장애를 안고

석류의 붉은 씨앗처럼 시린 맛을 잊고

가난한 둥지 속에서

민중을 외치고 민초를 걱정하고 있다

우리는 사랑의 납세자에 불과하여

대지의 불길 속에서 탄다

시인이여, 우리의 중년은 아침 햇살보다 포근하다

잠든 의식을 깨우는 것이야말로 젊은 일이다

그때 그대는 유채꽃보다 더

머리를 흔들어 대며 노랠 불렀다

우리의 서정이 염소처럼 그리운 풀을 씹는다

시인이여, 우리는 부드러운 손길로 자란
포도와도 같이 빚어졌다
어머니의 사랑스런 아들이며 조국의 민초이다
그러니 중년에 핀 아름다운 독소와 존재의 청춘을
수확하자

채신용 선생님께

그때 대폿집에 들러 한 잔의 소주를 기울이며 이마의 주름을 보였던 생각이 문득 납니다. 세월은 유수 같다지요. 계절은 바뀌고 또 바뀌어도 그 계절이 오고야 맙니다. 사람의 심장은 어떻습니까. 야만적인 머리는 또 어떻습니까.

교사생활 정년을 앞두고 싱긋싱긋 웃음소리를 저는 기억합니다. 가느다란 목소리도 흉내를 가끔 내봅니다. 시인이라고 칭송을 해 주시던 그대의 목소리도 기억납니다.

그대 앞에서 담배를 자유롭게 피웠습니다. 담배도 권하고 말입니다. 때론 야동도 함께 즐겨 보았습니다. 그대는 이제 정년퇴직을 하였고 명예훈장까지 받았습니다.

지금은 집에 있겠지요. 할아버지로서 말입니다. 피곤한 육신을 이끌고 산책길을 나서기도 할 겁니다. 들에 핀 꽃구경도 하겠지요. 삭막한 도시에서 가끔은 메꽃이나 풀들의 강인함을 확인하겠지요.

새로운 세상에 접어든 것일 겁니다. 별도 보이고 그 수를 세기도 하겠지요. 그리고 자기 자신의 존재에 대해 고민도 하겠지요.

제게도 늙음은 죽음보다 더 두려운 것이랍니다. 비록 권위는 없지만 권위를 행사하기도 하겠지만 말입니다.

벌써 가을에 접어듭니다. 숙연해집니다. 뒤뜰에서는 귀뚜라미와 벌레 울음소리들이 뒤섞여 울어댑니다. 다시 가을이랍니다. 이맘때쯤이면 저는 술 한 잔을 마시며 고독과 씨름을 하고 있을 때입니다.

그대는 이제 해방되었습니다. 복종과 변명을 늘어놓지 않아도 됩니다. 눈치를 보지 않아도 아무 걱정이 없을 겁니다.

그러니 그대가 좋아하는 술과 담배, 자유를 위해 무조건 방종하십시오. 그것이 삶이라 말할 수 없지만 오랜 세월 그대의 습관을 버리고, 방탄의 삶을 추구하세요. 자유의 방탄 말입니다.

그때 그 대폿집이 생각이 나는군요. 그곳에서 다시 소주 한 잔을 기울이면서 순수한 심성을 달래고 싶군요. 엉덩이 펑퍼짐한 그 아줌마와 함께 말입니다.

벧엘방앗간

벧엘방앗간에는 참새가 없다
요란한 기계음과 팬 베이어 벨트가
아침 이슬을 지우고 있다
재래시장 귀퉁이에서 그들은 뭐라 옹알거리는가
그들의 삶이 참새다
볍씨를 쪼며 생계를 유지하던 참새는
사라지고 만 것이다
화롯가에 옹기종기 모여앉아
소박한 꿈을 펼치며
작은 불씨를 모아 몸을 녹이고 있다
소녀로 되돌아갈 수 있다면
그들은 다시 벼가 익어가는 가을에
볍씨를 쪼지 않겠다고 다짐한다
일요일 아침, 그들은 참새가 되어
아침기도 드리러 가게문을 나서며
훨훨 어데론가 날아갔다
포수가 수레를 끌고 참새들을 찾는다

순수시

꽃이 그러했듯이 등껍질을 남기며 벗겨진다
누구나가 각질의 흔적을 남기며
고루하게 성글어 가는 법이겠지
꽃이 그러했듯이 질 때도 마찬가지이겠지
모든 이들이 아름다움을 순간으로 지니고 있듯이
향기로움이 찰나이었듯
순수한 물결을 먹고 사는 것이겠지
푸넘도 푸성귀가 다 자라면 내 쉬는 것
이별도 장미꽃이 다 지고나면 고하는 것
모든 이들이 사랑했다 하면
그날은 꼬옥 까마귀가 나는 날
한순간 그리움을 쥐고 흔드는 그런 날이 오면
나는 시골길 흐드러진 풀밭에 누워
꽃이 그러했듯이 허물을 벗으며
가죽을 널어 말리는 그런 날이겠지
꽃이 그러했듯이 필 때도 이유야 마찬가지이겠지

제주 4·3사건 그 이후의 현실은

꿈에도 들리지 말아야 할 총성과 함성이 망각의 파도를 밀고 발톱 세운 호랑가시와 흰노루귀 개구리발 제비꽃 광대나물 섶지코지의 성산일출봉이 섬을 통째로 흔들고 있다. 나는 하늘에서 바다에 잠기는 섬 하나를 내려다보았을 뿐이다.

광주를 지나며

꽃비라 꽃눈싸라기라 풀풀 진다고 함부로 속삭이지 마라

그대는 한번도 유월의 허공에 푸르른 낯짝과도 같이

성게 빛과도 같이 눈에 아리어 찔리도록

아름다웠던 적이 있었던가

반말로 짓밟지 마라, 옛것인양 읊조리지 마라

수천 년 동안 그대의 한 귀와 한 눈은 질리도록 까만 버찌처럼

까매졌으니, 유월의 함성과 항쟁의 노랫소리들이 까매졌으니

청자 빛 허공과 여름, 여름 위한 피리소리와 들녘의 소 떼와

대지의 썬 풀과 이름 모를 새와 도둑고양이와 동학사의 개암나무
의 잎은 붉은 피처럼 무성하다

한 시대가 가고 한 시대가 오는 것은

구리 빛 삶과 쟁의, 쟁의를 위한 성대골절과 거리의 넝마주의와
비정규직과 악덕업자와 사채놀이와 거창 민간학살과 이름 모를 자
본주의의 무덤, 먼지만 뿌옇다

가슴속에 함부로 불 지피고 함부로 존재의 거리로 나서지 마라

사과를 깎으며

풍경을 바지런히 깎는다
깎는다, 풍경 속에 잊혔던 풍경을
공양은 허물어진 절(寺)과 계곡을
병풍처럼 일으키고, 묻힌 허공과 나무
호수를 있게 하여, 잊혀진 새와 서쪽 바람
들꽃과 푸른 설움을 찾게 하더니
고라니에게 물푸레 나뭇잎같이 푸르러지는 연습과
나비같이 나는 햇빛 머금은 연습과 같이
달빛이 떨어진 배꼽에
겹겹이 날단거리로 눕는다
고라니 몸에 고라니도 모르는
격자무늬가 새겨졌다
깊은 모공 속으로 빠져들수록
무덤 하나 길에 있다
산짐승 어둠을 뚫고, 이슬과
잔잔히 전해오는 파괴를 뚫고
파도같이 철렁이며 향기로이 있다

고라니의 무늬를 오린다, 오리는 과정에
또 다른 무늬가 그 무늬를 덮친다
잘려진 태양의 피부 빛과 벽면에 도배한
뭉크의 미소를
도마 위에 머리를 내민 생선과 같이
젊은 머리는 삭둑 잘려지고
액자 틀에 낀 몸뚱이만 뻣뻣한 그 길
기왓장 이끼로 덮은 새로운 살의 무늬이다
누군가 버렸을 껍데기 길로 흔적을 오르면
날 선 칼같이 걷다 보면
호두처럼 단단한 가을에
웅크린 애벌레가 앙상한 갈비뼈를 드러내고 있다

뜨거운 손

그날은 그랬다, 벚꽃이 탄피처럼 무참히 떨어졌다
나무는 허공의 푸른 구멍을 내려고 무참히 쏘아댔다
땅은 제비 같은 탄피 하나하나 긁어모은다
너의 잎이 푸르렀던 것은 밀도 있는 슬픈 배경과
창이 서쪽으로 향한 까닭이다
눈가에 핏기가 샘솟아 서러웠던 것도
푸른 잔디를 깔아 놓은 심오한 허기의 배경과
서천 꽃밭이 꿈의 방향으로 향해 있는 까닭이다
그래서 무리들은 꽃이 지는 슬픈 야유야
어찌하겠느냐마는
머리가 시뻘겋게 벗겨지는 사랑이야
어찌하겠느냐마는
눈알이 뽑아지고 충치가 뽑혀 나간다 한들
이별이야 배신을 하겠느냐마는
그날은 그랬다, 서럽도록 그랬다
그날 나는 어둠이 밀려들어 오지 않는 여관으로 향했다
별빛도 총칼처럼 밀려들어 오지 않는 빈칸으로 향했다

복사꽃은 썩은 향기로 내 전신을 갈댓잎처럼 흔들고
거품을 물고 진정이 된 뒤로야
거리의 꽃들은 햇볕 한 모금 입에 물었다
푸른 유리를 깔고 바닥처럼 눕기로 한 나무 덫은
슬픔에는 그림자가 없다고 뜨거운 손짓을 한다, 해서
그날은 그랬다

청양거리

　양복 입은 노인네가 경운기를 몰고 파지를 줍는다. 청양거리를 활
보하는 노인네는 저녁이면 막걸리를 찾아 대폿집에 들른다.
　연무 짙게 긴 청양거리 유모차를 끌며 다른 노인네가 잡동사니들
을 줍는다. 유모차를 끌다가 옥수수 밭에서 마음을 빼앗긴다.
　그 두 노인이 마주치는 일 없이, 아- 가을이 왔다.

관절이 아파온다

관절이 저려온다

매미가 달라붙어 온종일 울어대듯이

지끈거린다

울지 마라, 울지 마라

수년 동안 몸을 지탱해 온 마디이기에

서거나 걷지도 못하게

울지 마라, 울지 마라

나는 서거나 걸어야 한다

가을이 그래 왔던 것처럼

무릇 곡식이 익어 풍요로워지는

들을 바라보려 하기에

후끈거리지 마라, 소리 지르지도 마라

나무에 달라붙어 온종일

암컷을 찾지 마라

오늘은 비지땀 흘리며 노동을 하는 날

뒤뜰의 풀을 메야 하고

능금을 수확하여야 한다

비웃거나 간지럼 피우지 마라
여름은 가고 가을이 왔으니
더덩실 가을답게 춤사위나 벌려 보지
기쁜 것도 아니오
슬픈 것은 더더구나 아니오
지금은 때가 아니오
벽에 달라붙어
야유와 야유를 끝없이 내지르는 것은
잘못된 일이오
나는 일어서지도 걷지도 못하는데
나도 모르는 암컷을 찾아
뜨겁게 쑤시고 찌르는 목소리에
관절이 아파 온다

문신한 사내

한 사내가 하루살이처럼 죽었다지
몸뚱이에는 문신이 있었다지
마누라가 술 팔며 넘 사내와 희희낙락한다지
죽고 나서 잘 죽었다고 소곤대지
회를 치던 사내는 자살했다지
잘 죽었다고 뭇 사내들은
가게 문을 언제 여나 소곤댄다지
우유값 전기세 핸드폰비 지역세
모두 버리고 훌훌 갔다지
세금 낼 곳을 버리고
티켓 하나 번지르르 내밀고는
천국 갔는지 지옥 갔는지
새벽이슬에 파릇한 이파리처럼 갔다지
오고 갈 때 말없이 간 놈은 그놈뿐이야
때론 외상도 줄 그놈이
촛불처럼 쉽게 갔어도
나는 외상값을 갚아야 하기에

이놈, 나 오늘 봉급받았거든
계좌이체, 혹은 무통장 입금
그놈은 내게 외상값을 주고 갔다지
언제 갚으라고 놈은 이탈을 했네
빚지고 살기에는
나도 성깔이 좆같아
네 놈을 쫓아가려고 무진장 애쓴다
야, 이놈아! 어느 배 탔노.

제**3**부

아카시아 꽃향기만 풀풀 날리던

그날만 같아라

치아우식증

신경하나를 잃었다. 감각이 없다.

한때는 삼겹살의 물렁뼈를 오독오독 씹어 먹고

닭볶음탕의 물렁살까지 발라내고 뼈다귀감자탕의 깊숙한 골까지 파고들어

너를 지탱해 주는 속 깊은 뼈마디까지 씹거나 깨물거나 핥은 적도 있었다.

그래서 나는 너를 뼈 속까지 알고 있는 사랑을 주장하였다.

그것도 독설이었을까, 혹은 외설스러운 육욕이었을까?

너의 신경계는 팔팔하게 살아 있어도 허겁지겁 과자봉지를 뜯어 내게 먹어보라는 시늉을 하던 네 방식의 표현은 적절하지 못했다.

나는 하이에나의 단단한 턱이 그랬던 것처럼 각진 턱으로 으깨어 씹었다.

혀끝에 매콤하고 가칠가칠한 성분으로 속삭였다.

그렇게 단단하던 네 성품도 내 입 안에서

찌릿한 마늘과 청양고추와 함께 섞여 한 몸처럼 한 색깔처럼

내 가슴에 입혀졌다.

오래도록 너를 씹었던 내게 너는 그리움보다는

상아질, 치아수강까지 침범하여 국소적인 질환을 남겨 뿌리 채 흔
들고 있다.

뇌신경이 너의 마법에 걸려 온종일 사랑에 대한 입맛을 잃게 하였고

한 번도 내 몸을 가누지 못하고 현기증에 사로잡힐 때까지

너를 위한 적도 없던 그때를 상기시켰다.

그로부터 간단히 마실 수 있는 촉촉하고 짭짤한

그윽하고 향기 있는 네 입술의 달콤함의 한 방울조차 느낄 수 없었다.

혓바닥이 저리다. 입술이 감전이 되었다.

그날 저녁 너 때문에 비빔국수를 먹었다.

부드러운 살결과 매콤한 성질도 모른 채 너를 증오의 표적으로
삼아 삼켰다.

다시는 너를 부드럽게 씹지 않으리라, 하고 말이다.

그 흔한 술도 며칠 이별을 하여야 한다. 밤하늘의 별도 작별이다.

그러니 나를 씹지 말거라, 나의 신경하나가 너의 복수에 죽었다.

다시는 단단한 사랑의 전신을 함부로 술과 담배와 욕설과 꼬장으
로 뒤섞지 않겠다고

치과에 들러 치료한 그날 밤 약속하마.

내게 구석이 있다

내게는 옹기와 같은 바닥과 공간이 있다
수천 년을 거슬러 그 시절의 하늘빛이 있었듯이
애초부터 몸속에 가난한 털이 자리잡고 있었다
닭볶음탕을 맛있게 먹을 때에도 가난한 털은 쭈뼛했다
때죽나무가 바람에 휘날릴 때도 수천 년 전의 귀엣말이었다
그래서 나는 오늘 담장을 오르는 나팔꽃처럼
배꼽을 열고 그리움의 노비가 되어 누워 있다
국자로 깊숙이 담가 퍼 올릴 만큼의 깊이이었다
수백 번 국자의 손길이 내 몸 깊숙이 다녀갔다고 할 수 있다
내 몸속의 공간과 바닥을 드러낼 시기에
나의 가족은 먼지가 되어 몸속에 헹구어졌다
그대나 나나 수천 년 전의 불길 속에서 구워졌다
그대나 나나 갈대처럼 빈 공간을 흔들고 바닥을
한 움큼 쥐고 흔들릴 만큼 찬연한 긁는 소리이다
그 소리도 쇳덩어리처럼 무거워졌다
한때는 너울 같다가도 비수처럼 날카로운 칼날같이 파고드는
그런 때가 있어 바닥과 공간을 멀리한 채
책상 구석에 벌레처럼 숨는 그 구석이 내게는 있다

비정규직보호법

풀 한 포기가 바라보는 한 포기의 땅만 있어도
그립다거나 외롭다 하지 않겠다
머리에 꽃의 훈장을 달지 못한다 하더라도
소망한다, 한 뼘의 공간과 허공에 나의 주권과
나와 나의 자식들에게도 이름을 붙여 달라고
그러면 나는 저 터전에 고개 빳빳이 들이 칠 같은
사랑 나누고 싶다

나는 부여 풍산리 유월의 들길에 뿌려진
민주주의를 사랑한다
치자꽃의 자유를 사랑한다
구두닦이의 검은 얼굴과 노숙자와
소주 한 병과 담배 한 개비를 사랑한다
가난한 자본주의를 찬양한다
그러나 가슴과 머리와 목젖이 온전히 붙어 있는
내 육신이 낙엽으로 배꼽을 사알짝 덮는다
청력과 시력이 월등히 좋은 나의 속내가

푸른빛과 들에 부끄럽기만 하다

그러하니 나는 고독한 죄인이다
갈대밭에 허무가 흔들리는 침묵의 줄기이다
바위에 들이 칠 파도의 포말 같은 거품이다
외톨박이 소년의 낯짝과도 같이 철없는
눈빛만 반짝이는 것뿐이다
하여, 계절이 바뀌고 자식이 커갈수록
내 기름기 반질한 이마에 오는 주름은
하나 둘 가슴에서 떠나간 발자국이 뒤늦게
찾아온 염세주의자들이다
내 손끝에 비춰질
털끝만치의 공간이라도 있다면
그러면 나는 저 터전에 고개 빳빳이 들이칠 같은
죽도록 사랑 나누고 싶다

고등어

문서고 정리하다가 많은 기록과 이름 틈바구니에 끼어
낯선 꽃과 바람을 발견했다
곰삭은 양기를 한장 한장 풀잎처럼 넘길 때마다
한 장의 약력과 빛바랜 사진이 벌레처럼 꿈틀거린다
생활기록부에는 광부나 철공소에서 노역을 하다
이슬처럼 사라진 자들의 성적이 적혀 있다
그들은 문서고에 자신들의 유해를 그렇게 묻었다
나 또한 납골당의 문서고에 학력도 모자라고
가난과 모양새를 안치해 놓았다
그리고 돈을 벌기 위해 살아온 날들이 딱딱하게
공문서로 기록되어 있다
필적을 남기기 위해 잉크를 말려갔던 자욱들이
이제는 이파리처럼 병들어 가고
나의 짧은 존재도 낡은 기록들에 묻혀 폐기되어야 할 신세
결국, 우리의 존재는 파지일 뿐이다
영구히 보존될 수 없기에 잠시나마
서로의 몸과 마음을 섞은 백지로 층을 싸고

깃털 같은 존재감으로 꽃과 바람이 된다
그동안 두껍은 껍데기 안에서 수많은 사연들을
일일이 말할 수는 없으나
누구도 찾지 않고 들춰 보지 않는 기록물이 되었다가
간단히 소각될 나의 사랑이 불길 속에서나마
그동안 뜨거웠으리라는 고등어 같은 시잘 데기 없는 바램이어라

그래서 나는 살아 있다 해도 사랑만도 못하오

내가 살아간들 사랑만도 못하오

호수를 유유히 떠다니는 물오리만도 못하오

그저 낙엽이 우수수 쓸쓸히 커 갈 때

나는 슬픈 울음소리를 낼 줄 아는

찌르레기에 불과하오

억새가 우수수 익어갈 때

나의 빈속은 그저 떡살무늬 뼈 소리에 부딪쳐 외로움 채울 뿐

황소처럼 꼬리 흔들며 나의 자식을 부르지 않는다오

그러니 나를 만나시려거든

석양이 붉게 물들어 한사코 지져대는

구름 발자국으로 평원을 뒤덮으시구려

내가 보아한들 갈대만도 못하오

제 몸이 부딪쳐 보아한들 잎새만도 못하오

그저 뒤뜰에서 사각사각 벌레 울음소리

그 뼈가 부딪치는 그리움에 귀 기울일 줄 아는

괴롬의 심성을 닮은 어둠에 불과하오

촛불이 켜켜이 바람이 흔들릴 때
나의 빈속은 가난과 굶주림으로
사랑한다 사랑한다 말 못하는 것은
나의 목소리는 굽은 산등성이를 지나
새벽에 가까워지는 벼이삭의 익어가는 벙어리 소리
그래서 나는 살아 있다 해도 사랑만도 못하오

나는 오늘도 생리를 한다

그리 살갑게 오름으로 나리는 것은 아니다
나비가 산천 어귀 뒤에 묻혀 오는 느릿한 슬픔처럼
한참 뒤에 오는 것이다
폭우가 쏟아지고 햇볕이 양지에 스멀하여
능금이 새까매지기도 하는 것이 예사지만
그리움의 메시지가 가슴속으로 토하는
그런 날이 올까 두려워하는 그것이 그리 쉽게
속삭였던 것만도 아니었다
당나귀의 귀를 쫑긋 세우는 그런 날만
까매져 오는 것은 아니다
옛 가마터에는 풀들이 무성하다지만
숱한 나날을 깨고 버려서 구운 얼룩무늬이기에
풀벌레 울음소리도 까매지고 있다
그리 흥겹게 내림으로 휘날리는 것은 아니다
격자무늬 시절은 가고 논길에는 바람이 다져진다
들판을 가로지르는 치맛바람 억새풀들은 어디로 사라졌단 말인가
서글프다, 가슴에 꽃을 다 채우고 서도

서글픔은 너무도 빨리 가까이 왔다
소식도 없이 까매져서
사랑이 때를 맞춰 배고파 왔다

나는 오늘도 생리를 한다

편 지

한참을 걷다가 드러눕지 못한 낯선 땅에
무덤 같은 구두점 하나 찍고
한 문장을 마침내 끝내고
세상을 걸어 나오는 중이었습니다

재래시장 골목을 지나 외진 골목으로 향하던 중이었습니다
우회전하여 좁고 외진 골목길의 문방구에 들러
떼기와 쫀드기 군것질을 하였습니다

다시 길을 걷기 시작하였을 때 길은 어느덧
내 가슴으로 뻗어 있었습니다, 그리고 다시
숲으로 향하는 지름길로 향하던 중이었습니다

돌계단을 한참 올라가다가 눈동자가 붉어지는
우물을 보았습니다, 새들이 한참을 노닐다가
인기척에 놀라 퍼드득 날아가더니
버려진 길을 쪼기 시작합니다

가던 길을 멈추고 집 한 채를 송두리 채 뽑아
새로운 공터를 조성하는 일용직 노무자들의
허리 굽은 등에 능선이 있어 그 길로 곧장 달려가
땀방울이 되었습니다

그리고 다시 갓길로 다니는 경운기를 따라
집으로 향하던 중 나도 모르게 그 바퀴의 회전이 되어
걷던 중이었습니다, 걷다 보니 이름 없는 짐승들이
무단횡단을 하길래 저 또한 눈치 없이 길을 건너다가
포도에 오래도록 말려진 건어물처럼
내장을 게워낸 성글은 쓸쓸한 가죽을 하늘에 걸었습니다

버스정류장 의자에 앉아 버스를 기다리며
붓기가 있는 발등과 아킬레스건을 어루만지다가
한 번도 따듯한 손길과 입김도 스치지 않은
야생적인 외로움이 개구리눈으로 저를 노려봅니다

녀석을 손아귀에 잡으려 하자 야생은 저만치 펄쩍 뛰어
나를 멀리합니다. 그래서 다시 길을 걷습니다

고 래

포장마차
안에서
꽁치를
잡아먹는
나는
고래이었다
다음날 아침
산란을 위해
변기에 앉아
수정된 알들을
세상에
부려 놓자마자
한 마리의 짐승이
어둠을 걸어가고 있다

주전부리

참으로 괴로운 낯빛이었습니다

사랑은 잠시 잠깐 나비처럼 왔다가는 것이라고

귀와 눈도 제것이 아닌것처럼 흔들거립니다

참말루 거짓이었습니다

연거푸 술잔에 괴롬을 흔들어댑니다

별이 희석되고 풀벌레 울음소리가

잔속의 낯짝으로 율동하더랍니다

바람 한 점 목젖에 걸리어

목소리 잃은 사랑이

참말루 거짓이었습니다

한참을 서성이다 와 닿는 그 낯짝이

한 방울의 소주보다 독하다고 출렁출렁 마세요

이별은 보잘것없는 주정뱅이

참말루 속절없이 지껄이는

이슬이 아니었던가 슬픈 낯짝에 주정하여 봅니다

악녀의 시녀에게 보내는 서신

너는 담장 위로 뒤엉킨 나팔꽃 덩굴보다 붉고
뜨거운 커피보다 더 쓰디쓴 너는 잔인했다
할미꽃같이 너는 홀로 들에 쓸쓸히 지기를 간절히 원했다
하여, 너는 개울가에 목이 멘 강줄기처럼
나그네의 발목을 잡고 염소처럼 짧은 꼬리와
검은 털을 흔들어야 했다
며느리밥풀도 네 가슴 줄기처럼 거칠지 못하다
명아주처럼 올곧은 심성도 아니었다
너는 놀이터의 아이들처럼 웃지도 못했다
푸른 성품이 자라는 사현포도 밭에 비웃음을 남기기도 한 너는
청령포의 단종 무덤가 앞에서 미소 짓기도 하였다
대천바닷가의 파도가 칠라치면 사랑했던 사람들을
기억 속에서 다 지워 버리고
화장골 계곡에 휘어드는 비포장 길에 먼지가 일고
숨어 지낸 낯선 그림자의 발자국들이 와 닿으면
너는 차라리 뼈가 으스러지고 그리움이 으깨어지는
한 줄기 빛이 되겠다고 소스라치던 너는

성주사지 절터 이름모를 유령이 되어 있다
그래서 너는 두꺼운 푸른빛보다 조각 난 잎새
한 개비의 담배 니코틴보다 거북한 너는 잔인했다

악녀에게 보내는 서신

너는 가을이 오면 상념에 젖어 무녀도의 춤사위처럼 춤을 추며 낙엽처럼 여린 네 살결로 와 닿는 쓸쓸함을 모른다고 하지 않겠지

때론 활처럼, 오솔길처럼 그 길 위로 오르는 바보 같은 사기성에 죄책감을 모른다고 하지 않겠지

사마귀 같은 너의 식성에 수컷의 순수성이 눈물을 흘렸단다

마귀여, 이혼녀여, 그토록 사랑했던 무리들은 한여름을 울다가 매미처럼 사라졌다

거짓 무속인으로 하루살이처럼 살지 마라

너처럼 비닐이 두껍고 모진 삶을 살았다고 하여도 고통이 네 것마냥 생각할지 모른다

네 사악한 영혼의 사기에 대해 누가 뭐라 말하겠는가, 허나 나는 안다, 네가 피의자라는 것을

때론 시인처럼 행세하고, 연약한 여자인 척하여도 네가 꿈의 집을 허물고 다닌다는 것을

나는 마귀의 고해성사를 들어줄 점잖은 태도가 있다

네가 영혼에서 빼앗은 순수성을 되돌려 주어라

나무가 푸르렀던 것처럼, 그 속에 고독의 시체가 누워 있었던 그
대로 되돌려 주어라
  한낱 허물에 지나지 않는 너의 속성을 거울로 되돌려 주어라
  너는 오로지 시를 쓰는 가난한 순백의 창가로 시선을 되돌려 주어라
  네게 속는 아리안족은 그리움의 백성들이다
  너는 아직도 한 아리안족의 쓸쓸함이 칼끝처럼 날카롭게 들을 가
로지르고 있다는 것을 모르는
  과부이다

너를 사랑한다

나는 이팝나무의 잎새처럼 불안한 파편이다.
원룸 공사현장의 조각난 대리석처럼 언제고
몇 조각으로 나눠질 불안한 파편의 관계이다.
내 몸에 응집된 붉은 피들은 불안해 흔들린다.
언제고 외벽에 칠해지고 곰팡이 서릴 때까지
한사코 화분의 꽃이나 차양에 꺾인 빛처럼 세상에 걸려 있다가
서서히 스며드는 낡음의 거미줄을 드리울 때
그간에 소소하게 품었던 그대에게
불안에 들떠 말하지 못한 말을
눅눅한 곰팡이의 파편이 되어 말하리라

술 한 잔이 서글플 때가 있다

어느 구구절절 꽃이 피고 지면
열매를 맺는 그러한 구구절절이 있네
배꼽의 탯줄을 끊듯이
아 - 탄성을 지른 그 구구절절 끝에
열매가 열린다니 난들 어쩌겠는가
그러니 자네도 보잘것없는 구구절절에
바짝 긴장으로 움츠러들지 말라 말하고
꽃이 전부가 아니라는 것을 말라 말하고
단추를 채우듯 유방만 한 가슴을
부풀리지 않을 수 없다 하지 말라 말하고
늘 자네는 꽃만을 탓하지 않다 말라 말하고
그대가 과소비하고 군것질하던
구구절절 물품이 배꼽이 아니던가
시가 시시때때로 변하듯이, 폭우가 쏟아져도
다음날 아침 무거운 눈까풀에 변화를 보지 않던가
너는 연약한 도둑고양이의 먹이 찾는 눈빛이다
번식과 식생활에 모여드는 모기와 같은 종족이다

삶의 친구여, 시란 그렇게 써지는 거라네
좁은 골목을 끼고 돌은 누추한 대폿집에 앉아
막걸리에 김치 안주 삼아
오늘밤, 한 잔에 구구절절 뛰어들었다가
숲으로 숨어드는 고라니의 큰 눈빛이 아니던가
계절이 쓸쓸히 지고 마는 깊은 폭로자에게
별이 맺는 그러한 것들이 있다네

쓸쓸한 계절

꽃 쌍년 꽃이다

그 꽃은 벽의 무늬를 새기기 위해

천년만년 가슴에 쓰고 지우고자 한다

비렁뱅이나 훌륭한 정치인이나 일반인들에게

흔하디흔한 꽃이 되어 버렸다

들과 산책길이나 도랑에도 너도나도

보거나 코끝으로 맡은 갈보 같은 향기다

쌍년 꽃이다, 절개도 잊은 쌍년이

여럿을 움켜쥐고 대나무 숲을 떠도는 바람처럼

품에 안긴채 흔들린다

그래도 나는 계절이 바뀌면 재혼을 한다

너를 사랑한다, 잊지 못할 것이다

그러나 너는 뭇 사내들에게 숱한 강간과

임신과 낙태와 절개를 잊은 채로

네 멋대로 화장과 치장을 하니

다시는 너를 꽃으로 부르지 않겠다, 또한

내 손으로 너를 꺾기보다는 지는 때를 아는 네게

자유롭게 웃고 슬퍼하는
네 낯짝을 기억하여 두겠다
정말로 내 꽃은 네가 아니다
너는 쌍년에 지나지 않을 뿐, 그때가
허허로운 슬픈 유혹에 지나지 않을 뿐
내 꽃은 네 몸뚱이가 아니라 나를
훔치던 그 눈빛이었다
그것이 쓰라려 절개도 바람을 피우던
외롭고 쓸쓸하던 철없는 욕망에
쌍년이 그리도 예쁜지
그날 밤 쌍년 꽃과 동침을 한다

갑사에 오르는 길

그리운 풀 냄새가 풀풀 날리던 노새가 걷던 갑사를 오르는 길 순탄치만은 않더이다

천년을 거슬러 올라가고 거슬러 내려와도 알 수 없는 산사의 푸르던 밤이 간단치도 않더이다

갑사 계곡을 따라 개울이 쓸어내는 푸른 산천어와 같이 목구멍에서 목탁소리가 밤새워 울던 아린 추억도 수월하지만은 않더이다

나는 바람을 따라 고개를 넘어가지도 않는다, 그저 내게 한 계절의 녹음과 같이 머물다 가는 뭉클대는 엽서로 잠시 잠깐 눕다 가는 것일 뿐, 뭣 하러 저 새들과 청명한 계곡물소리와 나란히 고개를 넘으려 할까 하더이다

그러니 행자처럼 찾아왔다 사라지는 것도 버겁고 힘겹기만 하더니 그놈의 사랑도 영영 목이 쉰 채로 외쳐야 하는 그 길로 올라가는 것도 가뿐하지만은 않더이다

그러니 사라져가는 나비 떼와 같이 그리운 탄내를 가슴에 잠시 잠깐 묻어두고 한 걸음씩 그대의 등 뒤를 밟고 오르는 나는 바람의 그림자가 되어 유일하게 직립으로 걷는 외톨박이가 되는 것이 할 수 있는 유일한 한 가지뿐이더이다

유 언

사랑스런 생존자들이여, 그대들보다 나는 먼저 선험자들이 만들어 놓은 푸른 숲길과 강가를 거닐며, 그것도 지구상의 유일한 분단국가 남한에 대나무처럼 뿌리박고 살고 있노라.

그런 내가 그대들에게 이념이나 사상을 강조하기에 나 또한 허깨비에다 부끄러운 생존자일 뿐이다.

허나, 나는 그대들에게 바닷가로 향해 금빛 해변에서 젊음을 즐기고 사랑을 나누라고는 더더군다나 말할 수 없다. 그러기엔 스치고 지나치는 것이 모래 한 줌밖에 되지 않는다.

그대가 젊다면 향락과 유희의 껍질을 벗고 어둠 속에서 울어대는 풀벌레 소리에 귀를 기울려 보아라. 한낱 작고 연약하게 보이지만 소음과 혼란 속에서 벗어날 수 있는 유일한 청각의 기쁨이 되리라.

또한 밭에 농작물을 심어 보아라. 그대의 연약한 손이 거칠어지고 못생겨진다고 해도, 그대의 피부가 가칠해진다고 해도 농작물이 그대에게 보람을 안겨 줄 것이니 그 또한 기쁨의 수확을 얻을 것이다.

그러니 그대여 내가 하고자 하는 말에 편견을 버려라. 나는 그대에게 농투성이나 공장의 노동자라고 해서 말하는 것은 아니다. 단지 내가 사는 세상에는 외로움도 내 것이 아니었다고 그대에게 한 마디를 남길 뿐이다.

무당벌레

장맛비가 토닥토닥 천지는
물방울무늬를 입는다
누더기 옷을 벗고
낯선자의 출입이 없다는 듯이
외출하는 이 잎새가 카랑카랑하듯이
이리도 간단치 않던가
산 너머 집으로 귀가하는
수평선의 노을걸음걸이 같이
재로 남을 사랑의 요동과 같이
옷장 속 깊숙이 처박아 놓은
어린 소녀로 갈아입기가
이리도 간단치 않던가
비탈진 산길 산지기가 어렵거나
무더운 땡볕에 농사짓기가 버겁다면
물방울무늬의 토닥토닥을 입어라
지난밤과 같이 피곤에 지친 너는
잔잔한 호수와 같이 날마다 토닥토닥을 지우며
고요하게 출렁이며 날마다 무늬의 잠에 들어 있을 게다

그래서 나는야 가난을 싸게 산다

과자 하나에 행복한 웃음을 짓는 어미 잃은 가엾은 소녀야

나는야 삽교호 갯냄새와 부빌 곳 없는 은빛 바다로 가엾은 외톨박이 청년이다

어깃장에 난장 하는 아주머니 파벌 난투극이 한겨울 외길로 살갑다

그날 그늘에 앉아 비늘을 여섯 겹이나 벗고 풀풀 날리는 가난의 탄내가 살갑고도 따갑다

나는야 가난이 좋다, 김대건 신부의 두 팔을 거절하고 쓸쓸해지는 것을 열망하고 있다

가엾은 소녀야, 일천오백 원짜리 달링쿠키를 가슴에 꼭 품으련, 나는야 별 하나 성글은 가슴에 지느러미 달고 쇠주 한 잔 가슴에 품은 노숙자이다

허허로운 개골창에서 흙 한 줌 쥐고 사는 강아지풀이다

그래서 가난이 살갑고도 따갑다, 바람은 마른 잎새에 살가울 따름이다

장터 노상에 앉은 노인이 과도 칼로 무를 도막낸다, 그날 해가 떨어지고 나서도 그 해를 도막낸다

가엾은 소녀야, 바다로 가든 사창가로 가든 거리에 홀로 놓이든
나는야 가난이 좋아 골목길로 간다지만, 너는야 바다가 좋아 자릿
세를 뜯기는 조팝나무의 그늘을 찾아라
그래서 나는야 가난을 싸게 산다, 너는야 살가워 쓰릴 뿐이다

                         ─2006년 12월 당진군 삽교호 함상공원에서 ─

홍시달빛 하나가 있다

그런 날이 있다, 오고야 말았다

'은행나무 골목'을 걸었고 그 끝에는 문패 없는 집 하나가 헐려 있다

꾀병 같다지만—방문 문풍지 구멍과 눈빛이 마주치자 폐가에서 한 마리 고래가 성큼성큼 가슴에 파고들어 재가 되고, 우주에서 별 하나가 수연으로 피었다가 지었다—잠시 몸살을 앓다가 지그시 눈을 감으면 낫는 병인 줄만 알았다

대청마루에 핏대를 세운 천박한 노루오줌의 시선을 피하고 나면, 가슴 깊숙이 덮어둘 쓸쓸한 오지랖인 줄 알았다

그러니까 밤은 언제 찾아오느냐고 묻던 그 소녀가 소녀로 박제되어 한벽당寒碧堂 깊은 골짜기를 골짜기로 올라섰다 사라지는 지병이 있는 것인 줄 믿었다

그래서 국화꽃은 꾀병에 시들고 송사리 떼가 비늘을 벗지 않는 이유는 외톨박이 모성에서 오는지라, 피곤이 여정에서 묻어 온 것이 아니라 꾀병으로 가슴앓이 앓다가 늙고 병들어 시들해 잊히는 것이라고 가을은 말한다

그런 그런 날이 오고야 말았다, 태조로太祖路를 두 발로 걷다가
그림자로 걷다가 밤을 물리치고 덩그러이 홍시달빛 하나 낮 가지에
남겨두었다

―2006년 11월, 전주 한옥마을(경기전, 동악혁명기념관,

동락원, 한벽당, 전동성당 등) ―

슬픈 대장간

우리가 품은 쇳덩어리이
얼마간 불가마에 뜨겁게 달구어야
뚱땅뚱땅 모루 위에 두들기어야
얼맞게 담금질로 할미꽃으로 필 수 있을까

얼마간 숯가마에 장작들을 태우고서
풀무질 하야 검은 솥이 뜨겁게 타올라서야
김이 모락모락 피는 육화로 필 수 있을까
그래야 나의 거푸집이 폭우의 발길질에 도야
와르르 허물어지지 않는 척추가 될까

거만한 등심을 내밀고
육간 집 갈고리에 대롱대롱 걸린
자알 빚은 황토 굽기를 여러 번 실패하고서야
그 못난 외로움 고깃덩어리
한 근 썰어 저울에 올려놓으니
창가로 쏠린 나의 등심이 솥뚜껑에 올려지고서야

앞뒤로 등심을 태우다가도
얼마간 바글바글 몸을 뒤척이고 나서
그대에게 탄내가 풍기는 사랑 말할 수 있을까

아카시아 꽃향기만 풀풀 날리던 그날만 같아라

하루를 살아도 아카시아 꽃만 같이 고즈넉해라

창공을 재단과 재봉을 할 수 없다 치면 늙은 짐승의 이빨처럼 만

이면, 금잔화 송이를 새치 혀 이빨에 남겨두시고

이쑤시개 바람에 썩은 고기 그윽한 향기 실어 남겨두시고

사랑을 다 비운 고등어 통조림 깡통처럼 버려지거라

맨땅에 닿아 낯선 이의 발길질에 차이거든

딸강 딸강 사랑의 기억을 더듬어 소리 내어라

(하루를 살라 치면 아카시아 꽃만 같아라)

살랑살랑 바람결에 푸르던 잎새만 같아라

허공의 심장을 두들겼다면 이젠 뜨거워진 땅에

낙엽과 같이 밟혀 추억을 더듬어 바스락거려라

바람이 대나무의 문과 창을 굳게 닫거들랑

그대는 잘린 혀와 꿀 같은 눈물을 꾹 누르고

제 몸끼리 부딪치는 마디마다 더듬어 슬픔을 맨살로 전하라

(살랑살랑 바람결에 치일라 치면 잎새 같아라)

아카시아 꽃향기만 풀풀 날리던 그날만 같아라
소녀들과 같이 시끄럽던 유월의 광주 거리와 같이
하루는 성주사지 절터 햇살이 누운 풀숲에
찌르레기같이 울다가 가거들랑
찢겨진 땅의 심장을 꽃눈처럼 나려 꿰매어라
아카시아 꽃 향 풀풀 날릴라 치면 그날만 같아라

·저자·

김나인   •약 력•

충남 보령 출생
2004 순수문학에 「배꼽아래」 소설 당선
2006 계간 문단 신인상 당선
2006 제39회 경기학술문예 소설부문우수작 당선
2007 아시아 작가상소설부문대상
한국소설가협회, 대전충남작가회의 회원

•저 서•

2006 시집 『술 취한 밤은 모슬포로 향하고 있다』
2007 소설집 『배꼽아래』 『파리지옥』
외 다수

그 잔인한 사랑, 그 속성에 대하여 나는 죽도록 사랑한다

• 초판 인쇄	2008년 3월 20일
• 초판 발행	2008년 3월 20일
• 지 은 이	김나인
• 펴 낸 이	채종준
• 펴 낸 곳	한국학술정보㈜
	경기도 파주시 교하읍 문발리 513-5
	파주출판문화정보산업단지
	전화 031) 908-3181(대표) · 팩스 031) 908-3189
	홈페이지 http://www.kstudy.com
	e-mail(출판사업부) publish@kstudy.com
• 등 록	제일산-115호(2000. 6. 19)
• 가 격	6,000원

ISBN   978-89-534-8272-2 93810 (Paper Book)
        978-89-534-8273-9 98810 (e-Book)